갈잎 흔드는 여섯 악장 칸타타

갈잎 흔드는 여섯 악장 칸타타

6인 시조집

차 례

이달균 편　내게로 향한 먼 길

전병희 편 아무도 모르는 애인

홍성란 편 푸른 별, 몽고반점

꽃의 유언에 귀기울이기

　자연의 언어를 우리말로, 우리 모습을 자연의 언어로 고해 바치는, 그래서 시인은 언어의 꽃가루를 실어나르는 꿀벌 같은 존재라는 생각이 든다.

　자연과 사람 사이를 분주히 오가면서 '대상에 합당한 언어 찾기' 또는 '언어에 합당한 대상 찾기' 그 이상도 이하도 아닌 것이 나의 시다.

　바람이 대상을 만나야 비로소 소리를 얻듯 나도 어느 한 대상에 깊숙이 안기어 불곰 울음 같은 시 한 편 쏟아내고 싶다.

청둥오리 山川을 뜨네

세상 뜬 청둥오리들 천당가듯 가고 있네
四 · 三 四 · 三 오류 오류
죽을 맞춰 가고 있네
'白水'의 單章時調 같은 西北行 열차도 가고 있네.

돌아보면 반도천년 다단계식 슬픔은 남아
도래지 갈대숲에
눈칫밥 숨어서 쪼던
아기새 배고픈 혼백 깃털 두엇 떨구고 가네.

까만 점 미운오리새끼 땅에 두고 저들만 가네
여권도 가방도 없이
國境 天境 다 넘어가네
인간사 뼈 아픈 소리 못 들은 척 꽃들은 피네.

곡괭이

사람과 사람 사이 터널 하나 뚫으며 산다
살아서 단 한차례 무른 곳을 범치 않았던
눈 하나 송곳니 하나 뜻 하나만 지니고 산다.

더 깊이 이르기 위해 남김없이 몸을 깎지만
깎을수록 부릅뜨는 저 표독의 모서리 하나
완강히 잔을 거부한 오기뿐인 목숨 하나.

지상에 헤프게 지는 꽃잎들을 헤아리며
사람은 눈물이 남아 서정시를 읊고 있지만
저 혼자 막장을 향해 생이마를 찍는 이여

마침내 슬픈 영토에 희디흰 뼈를 꽂으리라
찍으리라 그대 캄캄한 먼 침묵의 지층 저편
죽도록 빙벽에 야위는 붓 한 자루를 섬기리라.

'97 은행잎 白書

1

삽시에, 아무 사족 없이 질 땐 저렇게 지는 것이다
취기 어린 허공 저 추락의 一色을 보아라
우수수 허장성세의 빈손들이 뜨고 있다.

세기말 우울한 도시로 철새들은 내려와 앉고
구급차 혼자 바삐 重患의 밤을 실어나를 때
立冬의 고층숲 쪽에선 강못 뽑는 소리가 들려……

2

낙엽은 우리 생각보다 늘 한 걸음 앞장서 갔다
선 채 각서를 쓰며 밤을 말리던 나목 한 그루
구름 밖 수몰촌에 잠긴 젖은 별을 건지고 있다.

눈뜨면 하늘나라 고운 손들이 강림하시어
쓸쓸한 뒤풀이 끝 이 땅의 환부를 어루만지고
아침은 눈부신 갈채 추운 길도 화안하다.

개망초 마을의 풍경

열을 불러모아도 한 몸 구실에 미치지 못할
산번지 미개발 구역엔 무허가 꽃들이 밀려와 핀다
순순히 몸을 비끼며 개망초도 피어 있다.

스스로 제 밥그릇은 제가 알아서 챙기는 것
여태 고기맛은커녕 정부미 한톨 받은 바 없지만
끝끝내 인가를 향해 눈길 한번 돌리지 않던,

개망초, 개망초라니 참말로 개 같은 세상에 와서
잡것들 잡소리 같은 사설시조나 읊조리다가
한심한 식솔들 앞에다 풀어놓던 팝콘 한 홉

갑자기 광란의 바람이 야생종 개떼를 풀어
먼 중지의 진정서가 여지없이 발겨진 후
수척한 사내 하나가 젖은 팝콘을 줍고 있었다.

漢拏山 뻐꾸기

한라산 잡목숲에 텃새 한 마리 숨어 산다
외가댁 대물림에 늙어서도 목청이 고운
4·3때 청상이 됐던 올해 칠순 이모가 산다.

산이 산을 막고 무심이 무심을 불러
해마다 뻐꾸기 소리 제삼자처럼 듣고 있지만
이모님 원통한 숲엔 오뉴월 서리도 내렸으리

반백년 나앉은 산은 등신처럼 말이 없고
꺼꾹 꺼꾹 꺼꾹 꺼꾹 숨어 우는 우리 이모
간곡히 제주 사투리로 되레 나를 타이르네.

바람의 歸鄉

1

갓 트인 바람길로 촛불 행렬이 오고 있다
초반부터 반기를 든 억새 뒤에 소리 낮추며
쓸쓸히 백수를 들고 한점 바람이 오고 있다.

저것 봐 낙향길의 가을 하늘은 貧者의 몫
걸레스님 붓장난 같은 구름 몇 조각 데불고 와
만취해 벌겋게 누운 산을 흔들어 깨우는 이.

2

뜯기다 꼬깃꼬깃 속옷춤에 감추고 온
실직자 아내들의 맨 마지막 체온은 남아
종점 앞 冬菊에 비비며 우는 얼굴이 아름답다.

낡은 뼈마디가 쟁기처럼 삐걱이는
범죄 없는 마을 어귀 이삭 줍는 논둑을 쓸며
고랭지 배춧잎 하늘에 폐비닐을 거두는 이.

晩秋의 詩

1

마침내 이 지상의 여론조사는 끝이 났다.
아성의 박수소리 담장 너머 뜸해지고
하나둘 임시정부의 깃발들을 내리나니,

2

하냥 그 산기슭의 가건물은 허물어져
방방곡곡 내로라는 사기도박꾼도 다 뜬 지금
빛 바랜 장풍껍데기만 식은 바닥에 어지럽고……

3

쓸쓸히 낮달이 혼자 젖은 내프킨 입에 물고
부러진 목재사다리를 간신, 간신히 내려와선
이제 막 내 지문에 묻은 도장밥을 닦으라 한다.

들불지대

1

누가 이 변방의 세속을 불로 다스리려나봐
뜯길 것 다 뜯긴 칠순 후반쯤의 억새밭 너머
산철쭉 불러 앉히고 풀무질하는 능선 좀 봐

풀뿌리 그린벨트에 소개령은 내려져
동서남북 사투리로 핀 저 검약한 풀꽃의 나라
민들레 쌍둥이 형제 발만 동동 구른다.

2

彼我의 접점에서 이 지상의 길이 끊기고
꽃이란 꽃 죄다 몰려와 맞불로 타는 들녘
최후의 엉겅퀴 한 송이 불 속으로 뛰어든다.

타다 만 탄원서처럼 그대 가슴에 마르는 꽃잎
둥둥둥둥 붉은 악마 이마 붉힌 아이들이
그 꽃잎마저 태우며 금단의 접경을 넘고 있다.

單首三題

遠 景

뽐내봐야 사람들이란
三流 속으로 흐르고 만다는……,

쫑알쫑알 종달새 녀석
인간사를 눈치챘는지

하늘로 너절한 소식
종일 고해 바친다.

소나기

가끔은 도시 전체를
싹 쓸어버리고 싶은……,

내가 하늘이어서도
그런 생각은 품었을 게야

저 거친 싸리비질만 봐도
세상 절반은 쓰레긴 게야.

엉겅퀴 2

쉽사리 야생의 꽃은
무릎 꿇지 않는다

빗물만 마시며 키운
그대 깡마른 反骨의 뼈

식민지 풀죽은 토양에
혼자 죽창을 깎고 있다.

염 소

풀만 먹고 살다가 풀물든 소리로 운다
겉늙은 저 몰골은 내 혈족을 닮았느니
북간도 막막한 벌에 흩어지던 풀씨였네.

일자무식 식솔 하나 징용 끌려갔거니
눈자위 희뜩희뜩 쇠사슬에 끌려간 땅
올해도 망향의 꽃은 사할린에 피었더냐

흰꽃 핀 둔덕마다 무덤도 많은 나라
상잔의 포연 속에 꽃 한 송이 지던 날부터
촌로는 한 채 봉분을 가슴 속에 품고 산다.

눈물이 안으로 흘러 뿔도 어진 짐승이여
삼대째 貧農의 한이 칡뿌리보다 깊다 해도
핏빛 먼 반목의 세월 그 강빛이 슬퍼라

때로는 비탈에 뜨는 離散의 별빛이거나,
이울 듯 조산땅의 질경이 심줄도 같은
오천년 강둑을 지킬 근성 하나 키우며 산다.

마라도

까맣게 한세월을 수평 끝만 적시면서
사무친 回歸의 꿈에 저 홀로 야위는 섬
하늘도 이곳에 와선 뭍으로만 기우네.

뭍소식 섭섭한 날은 바다마저 돌아눕고
파랑도 가는 뱃길에 잠겨버린 무적소리
마파람 보채는 이 밤도 불을 끄지 못하는가

차라리 외로운 날은 마라도에 가 앉으리
한점 피붙이처럼 빈 해역만 떠돌다가
남단 끝 선명히 찍히는 落款으로 앉으리.

굴뚝새

당초 너의 길은 낮은 데로 뚫렸어라
흉흉한 돌담뿌리 해거름이 서러운 날
채석장 아득히 오는 釘소리로 우는 새야.

살아도 막장 같은 굴뚝이나 후비는 짓
대쪽 같은 목소리 담벼락에 찢겨나고
피묻은 詩語만 흘리는 날갯짓 그 행적이여.

한 생애 절반쯤은 누명쓰고 사는 세상
詩人은 언제부터 굴뚝새를 닮았던가
추녀 밑 배고픈 日月에 돌이끼만 쪼아라.

민달팽이의 詩

다 벗고 산다 해도 갈 길이사 가야 하리
울밑을 빠져나와 缺食하던 그날부터
남도땅 노숙의 별이 수국꽃잎에 뜨더란다.

돌이 우는 밤이면 가슴에 지는 빗소리
떨어진 발가락 하나 풀꽃 아래 묻어두고
문둥이 눈먼 문둥이 그 天刑을 끌며 간다.

貧者의 야행길은 혼자일 때 더디는가
한치 앞 예감으로도 저승길 같은 유배의 땅
오늘은 뉘 빗돌에 숨어 육필 한 획 긋고 가리.

마라도 노을

오늘 이 海域을
누가 혼자서 떠나는갑다

연일 凶漁에 지친
마지막 투망을 남겨둔 채

섬보다 더 늙은 어부
질긴 심줄이 풀렸는갑다.

이윽고 섬을 가뒀던
수평선 태반 열어놓고

남단의 어족을 다스린
지느러미를 순순히 펴며

바다는 한 척 폐선을
하늘길로 띄우나니,

우리가 잔술 내리고

노을 앞에 입을 다물 때

水葬을 치러낸 바다가
무릎께 와 흐느끼고

까맣게 타버린 섬이
촛대하나 켜든다

中年의 처마

너의 이마섶에도 처마 하나가 기울고 있다
한두겹 그늘 속으로 야윈 뼈를 드러내며
계절 밖 피우다 멈춘 갈대꽃이 시들고 있다.

숱 성긴 염색머리에 술냄새가 풍겨올 쯤
조심해라 조심해라 살어음판인 마흔의 강폭
다시 그 사기꾼만 같은 별 하나를 섬기려는가.

할말도 들을 말도 없는 이 불편한 술자리에
마른안주 입에 문 채 '하숙생' 노래나 따라 부르며
쓸쓸히 기우는 처마로 소주잔을 건넨다.

처마가 처마만큼씩 따로 무게를 버티듯이
사람이 사람만큼씩 그늘 내리고 산다지만
어쩌랴 못질투성이 그대 중년의 서까래여.

외등이 남루를 불러 처마 끝을 적실지라도
서늘히 타이르시는 먼 통촉의 하늘 우러러
숨겨온 척추뼈 하나 고쳐 다시 세운다.

오 종 문 편
북 치는 반달곰에게

누가 나를 이곳으로 데려온 것일까. 내가 뿌렸던 씨앗들은 이파리만 무성한 채 꽃도 피우지 못하고 있는데, 나는 나태의 긴 잠에서 깨어나지 못하고 있다. 세상 밖으로 등 떼밀리는 것 같은 세기말의 봄날, 이제 새로운 일탈을 위해 바람과 모래, 그리고 더위와 혹한이 공존하는 사막을 걸어가야겠다. 이 봄날의 외로움이, 이 고통들이 내 시의 오아시스가 되길 기다리며……

북 치는 반달곰에게

인간의 오만 스스로 강대해지는 나라

수모를 겪던 반달곰, 발길에 차인 반달곰

외통수 절름발이의 북 치는 법을 배웠다

고된 노동의 체벌 끌어안고 밤 새느니

너를 울리는 사랑 아예 없었느니라

버티라 살아 있으라 뼈대 곧게 세우라

이 밤 까르르 부서지는 웃음 뒤 감춰진

저 산 이 들판 한껏 달릴 수 있을 때까지

단련된 세상 모서리 힘있게 두들겨라.

이 나라 녹수청산

겨울 지나 이른봄 햇살에 눈이 부실 때

산은 산끼리, 물은 저희들끼리 모여

이 나라 무성한 소문 따지며 수군거리고

언제쯤 온 천지에 공평한 날이 와서

물고기 혹은 새 한 마리 제집 돌아와

한마당 북 장구 치며 노래불러야 하리

그래, 녹수청산 병들지 않은 그리운 땅

내 마음의 나뭇잎 꽃 바람 돌멩이들

그 어디 푸르른 우주 경영하며 살아가리.

별똥별에게

그 어디 사랑하는 이 갈망의 꿈 있으랴

지상의 찬란한 것들 어둠 뒤에 숨어 있고

별똥별, 날개도 없이 끝없이 추락하는 밤

새벽이 오고, 언 땅에 홀로 입 맞추는 바람

모든 것 이별한 뒤 다시 사랑할 가슴

별똥별, 가장 따뜻한 은빛 털옷을 입혀라

너는 푸른 우주와 만나 한 생애를 살고

산 자는 남아 세월을 거울처럼 닦는 날

별똥별, 내게로 와서 내 몸을 부활하라.

한 소년의 봉산탈춤을 위하여

아, 길이 있다면 황해도 봉산에나 가서

때마침 내린 눈발에 흠뻑 젖기나 하지

옛 아비 그을린 생애 만나기나 할 일이지

이제 갈 사람은 가고, 남을 사람은 남는데

멍에 쓴 목숨 그 무게 이기지 못해

한 생을 저당잡힌 채 꺼이꺼이 우는가

이저승 경계에 서서 서툰 춤사위 떨치면

세상은 봉산탈춤이 되어 건들거리고

고독한 한쪽 어깨가 조금씩 기울고 있다.

지상의 한 집에 들다

유월 가까이 목메어올 신록의 띠를 붙잡고

한 생애 물들 수 없는 거친 잡목숲 지나

길 위의 작은 집 찾아 사람들 가고 있을까

제 키만큼 키운 것들 더는 자라지 않을 때

버릴 것 다 버린 뒤 비로소 내 함께 울 때

아득한 봄 지나가고 인생은 헐거워졌다

한 가족 아직 넉넉히 두 발 뻗을 방 한 칸

그녀의 이쪽 편에 달빛이 먼저 와 눕는

내 몫의 하루를 접고 지상의 한 집에 들다.

그 마을, 달개비꽃

유년의 시간 속 갇힌 삶을 짓밟고 돌아온

길섶, 땅다운 땅 옳게 딛고 서지 못한 꽃아

생잎에 얼굴을 묻고 억울하게 피었느냐

몇몇 풀벌레 소리 일가를 이룬 이 새벽

안개가 점령한 나라, 비밀 죄다 폭로하며

너희들 당찬 한해를 갈무리 하겠느냐

별은 더욱 빛나 어린 해탈을 꿈꾸고

집 없는 달팽이 행진하는 불안한 시국

그 마을 가을을 지고 히끗히끗 울던 꽃아.

오종문   33

겨울밤의 聖書

인간의 꽃 한 송이 피었다 지는 시간

사랑은 애증을 낳고
애증은 죄악을 낳는

의문의 부호 던지며 송이눈이 날고 있다.

지상의 빛들 우주의 자궁 속에 빠질 때

깨어 있으라, 누구든
눈뜨고 깨어 있으라

눈발에 젖어서 오는 주기도문은 슬프다.

돌아보면 아쉬운 빈 껍질의 몸뚱어리

신의 족쇄를 채워
고통을 맛보게 하라

한 생을 목발질하며 살아온 죄 단죄하라.

내 안 믿음의 뜰 눈은 더욱 쌓여가고

마침내 돌아와 눕는
뉘우침의 밤, 밤, 밤

겨울도 촛불 켜들고 부활의 눈을 뜬다.

그대의 오지

그대 내 몸으로 와 잠들지 못하는 밤

마음속 수자리 살던 그리움의 흔적들

인생의 봄 다 보내고, 꽃들 시들게 하고……

철 늦은 사랑의 깊이 그 경계 닿기까지

또 하나의 세월이 오랜 면벽을 풀고

내 안의 고립된 섬에 배 한 척 대고 있다

아, 서른 몇 해 동안 한 빛깔로 멍든 가슴

그 배후엔 무엇이 있어 날 이끄는가

척박한 그대의 奧地 불 밝혀 살고 싶다.

마흔의 흔적

너를 찾아간다, 개망나니 유년을 건너
진창길 지나 육체 한데 몸을 섞는
마흔의 젖은 샛강을 늦도록 건너고 있다
어딜까, 진흙이 뒤범벅 된 추억의 갈피
울며 떠난 한 아이 아직 돌아오지 않고
흑백의 아우성들만 잡초처럼 남아 있다
내 밟고 온 땅 수북이 쌓인 시간의 뼈
살과 헤어지는 날 사랑도 길을 잃고
몸 두고 먼저 간 마음 벼랑 끝에 서 있다
설핏 흘리는 눈물도 그 양이 많아지면
사색의 느티나무 한 그루 곁에 키우는
불혹의 사내는 없고 외로운 사내만 있다.

우리 용접공 金氏

사회 밑바닥만 살았다는 용접공 김씨
궁핍한 시대, 궁핍한 만남이라던 두 해 전
그 입술 굳게 다물고
깡마른 몸을 비웠다.

그인들 땅끝까지 가고파서 갔겠느냐
누군들 그 노동을 하고파서 했겠느냐
오늘밤 바람이 차다
눈물 뿌릴까보다.

막 서른의 律도 죽인 해가, 겹나는 해가
발목 빠뜨리며 오는 질퍽한 가슴 언저리
우우우 熱砂는 불어
자꾸만 불어오고……

지금도 거친 손 말아쥐는 목숨의 현장
별 하나 지척에 불러 다독이며 눕고 있는지
서둘러 깨운 새벽꿈
어찌 절단했는지.

젊고 그리운 서러움 밀물로 오는 때는
눈물겹도록 살맛나는 잔뿌리 내리고
김형의 그 척박한 오지
쳐들어가고 싶다.

십일월의 上書

유년의 야망들이 도란도란 눈뜹니다
기침소리 들립니다
신경통이 일어섭니다
밑 뚫린 초로의 나이 시간들이 쌓입니다.

땅꾼 자식은 깊은 땅심 길러야 한다며
억센 사투리로
힘주어 하신 말씀
이 한밤 웅얼거리며 잠꼬대를 합니다.

그래요, 땅심 깊게 내리던 우리 소망의 텃밭
그리움으로 발 뻗는
우린 잡초였지요
오늘도 제 몸만한 슬픔 여기 동봉합니다.

오늘의 양심

나무와 나무들이 근심에 찬 표정을 짓고, 종일 불편해하며 흐르는 하천들이, 별들이 왜 침묵하는 밤이 계속되는지.

가로수가 죽어가는 일은 서글픈 일이다. 앓는 물소리를 듣는 일은 괴로운 일이다. 하늘을 올려다보는 일은 더욱 미칠 일이다.

언제부턴가 모두 앓기 시작한 기관지염, 그 위에 은밀히 쌓여가는 연기 한점의 질량, 이 땅에 어떤 병으로 깊어지는 것일까.

우리들의 귀가 2

날이 저문다. 이렇게
마음 또한 저물어

어떤 빛깔의 목숨 그려낼 수 있을까

욕망의 푸른 불빛들
하나씩 안고 있다.

어딜까, 별 갇힌 역내
그리움 피어나는데

뒷굽 닳은 구두와 그녀의 꿈 높이를 재며

언제나 그 무엇인가
소망하고 싶은 걸까.

우울한 말문 닫고
초록잠의 물살에 실려

짧은 시간 긴 추억의 담 무시로 허물고

그리운 한 집의 평화
꿈꾸며 흔들려 간다.

계엄령의 밤

빛이 무너진다
자전의, 어둠의 횡포다.

한 인간의 숨소리 자꾸만 작아지는 날, 불면의 팽팽한 아
랫도리 영혼이 멘스하는 밤, 살아온 날만큼 **뼈**를 발라내고
간음한다 간음을 당한다. 침묵의 유전자들이 분열을 거듭
하는 사이 이성이 법관처럼 침묵을 선고하고, 모든 진실에
대항해 무자비하게 살포되는 애증……, 세상은 얼마나 많
은 법칙을 숨기고 있는 걸까?

쿵 쿵 쿵 빛이 무너진다
연거푸 넘어진다.

어떤 죽음

농공단지가
들어선 뒤
누이야
네가 죽고,

그 이후에도 심상찮은 별과 바람을 의미 있게 지켜본 사
람은 아무도 없었어. 그리고 평화롭게 몇 년 더 평화롭게 모
든 것이 흐른 후, 건강한 살점 하나 깨끗한 피 한 방울 튼튼
한 뼈 한 조각 돌려달라고, 직업병 판정도 받지 못한 그 원
인 모를 병에 대해, 너의 죽음에 대해 모든 사람들이 목소
리를 높였어.

그날은
개나리꽃이 피는
이른
봄날이었어.

자주 밤의 방파제 위에 서 있곤 한다. 반쯤 부패된 갯내음과 물살에 일렁이는 공장의 불빛들, 그 불빛들의 아름다움은 허구다.

시가 갈등하는 사람들의 것이라면 나의 바다는 회환과 우울, 욕망이 혼재된 한 권의 시집이다. 이 시집의 행간 속에 나는 서 있다.

내게 시론이 있는가.

섣불리 나를 결정짓지 말라.

그림자는 존재하지만 잡히지도 않는다.

저무는 가내공업 같은 내 영혼의 한 줄 시

그래도 나는 쓰네 손가락을 구부려
떠나는 노래들을 부르고 불러모아

저무는 가내공업 같은 내 영혼의 한 줄 시

낙 타

등짐이 없어도 낙타는 걷는다
고색한 성채의 늙은 병사처럼
지워진 길 위의 생애 여정은 고단하다
생을 다 걸어가면 죽음이 시작될까
오래 걸은 사람들의 낯익은 몸내음
떠나온 것들은 모두 모래가 되어 스러진다
모래는 저 홀로 길을 내지 않는다
동방의 먼 별들이 서역에 와서 지면
바람의 여윈 입자들은 사막의 길을 만든다
낙타는 걸어서 죽음에 닿는다
삐걱이는 관절들 삭아서 모래가 되는
머나먼 지평의 나날 낙타는 걷는다

북 어

못에 찔려 잠드는 날들이 많아졌다
좌판 위 마른 북어의 정물처럼 차갑게 누워
가슴을 짓밟고 가는 구두소리를 듣는다
뚜벅뚜벅 그들처럼 바다에 닿고 싶다
아무렇게나 밀물에 언 살을 내맡겨보면
맺혔던 실핏줄들이 하나둘 깨어날까
내 꿈들은 北으로 가서 돌아오지 않았고
하얗게 녹슨 생각들이 부서져 쌓이는 밤
뜨거운 피를 흘리며 깊은 잠에 들고 싶다

잠자리 1

아득하다 중생대의 폐허를 건너와서
지구의 어깻죽지를 평행으로 날으던
고단한 飛行의 行路 여기서 마감하노니
체념처럼 네 죽음은 투명하고도 아름답다
창문 틈 그 여백의 중심을 받들고 누운
누구도 예기치 못한 잠자리의 평화
다 타고 껍질만 남은 남루한 날개마저
개미의 양식으로 주고마는 저 가벼움
버리고 버린 자들이 열어둔 만조의 바다

잠자리 2

사람의 뒤꼭지에선 비애의 냄새가 난다
제국을 꿈꾸던 공룡들의 최후처럼
백악기 그 잿빛 소멸의 쓸쓸한 냄새가 난다
아이들은 공룡이 남긴 발자국을 헤며 놀지만
어른들은 선 채로 석유냄새를 맡곤 했다
한차례 더운 바람이 전야처럼 몰려왔다

잠자리는 날개를 펴고 잠행을 시작한다
비릿한 폐허의 연기 자욱한 도심 하늘
공장의 불빛을 지나 화력발전소 굴뚝을 지나

국화빵

국화빵을 사들고 귀가하던 날이 있었다
양철지붕 아래 촉 낮은 꿈을 누이고
더러는 구멍난 날들을 기우는 손도 있었다

쓰러진 바람 위로 또 다른 바람이 불어
약속 없이 지치던 이웃과 어깨들
가난한 사람들에겐 사랑도 힘겹다

우리들 내일도 국화빵처럼 구워져
잘 익은 단팥처럼 넉넉할 수 있을까
희망의 포자를 날려 일기를 쓰던 밤

불빛은 식은 열망을 다독이는 힘이 있었다
저만치 포장을 뚫고 비치던 카바이드 불빛
그 빛에 손을 녹이며 난 내게로 걸어왔다

늙은 플라타너스에 관한 기억

늙은 플라타너스에 기대어 귀를 대본다
그때 무슨 약속인 양 칼금으로 이름을 새기고
역무원 깃발을 따라 타관으로 떠나왔다

달디단 수액을 빨며 잎새들 피어오를 때
물관부로 차오르던 눈물의 투명한 삼투
나무는 저 홀로 훌쩍 키가 자라 있었다

어느덧 긴 강물이 나무 속으로 흘러갔다
강물은 밑동을 돌아 나이테를 그리고
팔 벌려 햇살과 교감하는 전언이 되기도 했다

늙은 플라타너스엔 기적소리가 묻어 있다
너무 오래 가두어둔 칼금의 기억들
나무는 새떼를 부르듯 이름들을 불러낸다

北行 열차를 타고

사리원 강계 지나며 빗금의 눈을 맞는다
북풍의 방풍림은 은빛 자작나무
퇴화된 야성을 찾아 내 오늘 북간도 간다

북풍에 뼈를 말리던 북해의 사람들
결빙의 청진 해안을 박제되어 서성이고
고래도 상처의 포경선도 전설이 되어 떠돌 뿐

다시 나는 가자 지친 북행 열차
어딘가 멈춰 설 내 여정의 종착지는
무용총 쌍영총 속의 그 초원과 준마들

갈기 세워 달려가던 고구려여 발해여
수렵의 광기와 야성의 백호를 찾아
꽝꽝 언 두만강 너머 내 오늘 북간도 간다

나는 랩詩를 쓰지 못한다

1

거리엔 랩처럼 세월이 지나간다

어제같은오늘오늘같은내일은행나무잎새같은하루또하루
길잃은리듬과빛깔들이바퀴들이구름들이언약들이…

조국은 랩송을 부르며 도시를 질주한다

2

새로운 시인들은
오늘도 랩詩를 쓴다
하지만 나는
랩詩를 쓰지 못한다
우리들 때 이른 퇴장, 쓸쓸한 세대 교체?

먼 훗날 그대들의 랩송도 흘러가면
두만강 푸른 물처럼 눈물 젖은 사랑이 될까
연인들 가슴 무너지는 고전이 되어 남을까

겨울 畵集

박수근 화집 속의 마을을 지나간다

빛 바랜 파스텔조의 머리 깎은 나무들

하늘엔 겨울새 한 마리 다리를 절며 간다

불현듯 요절한 사내들이 그리워진다

모둠발로 벽 위의 생을 걸어서 떠나간

미완의 생애 속으로 저 새는 날고 있다

不 倫

가을날 몰래 핀 두어 송이 장미
그래도 꽃들은 감옥에 가지 않는다
위험한
이데올로기
저 반역의
開花

내원동

내원동에 없는 것은
사람들의 자취뿐

허물어진 연초 건조창을 헤집는 늙은 쥐들과 마른 잎담
배처럼 서걱이는 바람들 지겨워서 뿌리치고 온 생이 이곳
에도 있다니 가보면 아니고 또 가봐도 아닌 것이 소리라고
되뇌던 안숙선을 생각했다. 그녀가 평생을 부르다 갈 목쉰
곡절처럼 다 못 자란 것은 못 자란 대로 덜 여문 것은 덜 여
문 대로 고분고분 지고 있는 내원동의 가을

사람은
다 떠나가도
내원동은 늘 그대로다.

관 계

혼자 이곳까지 걸어왔다고 말하지 말라

그대보다 먼저 걸어와 길이 된 사람들

그들의 이름을 밟고 이곳까지 왔느니

별이 저 홀로 빛나는 게 아니다

그 빛을 이토록 아름답게 하기 위하여

하늘이 스스로 저물어 어두워지는 것이다

생명을 위한 연가 1
낙 태

오두마니 한 소절
표절의 시구처럼

가위질에 잘려서
점점 한점 점이 되어

왔던 길
되짚어가는
절름발이 별 하나

생명을 위한 연가 2
지워지면서

어머니, 한 방울
눈물의 평토제
꽃답고 아름다왔으니
가시어요 훌훌총총
빛 낡은
수사법 몇 잎
은장도로 잘라내듯

애장터 돌무덤길
魂占의 사내 따라
분 바르고 연지 찍어
봄꿈처럼 가옵니다
철자법
틀린 언문 한 줄
지워져 가옵니다

이 재 창 편

年代記的 몽타주

　모든 사람들이 공감하고 감동하는 작품을 쓴다는 것은 불가능하다. 언제나 배우는 자세와 새로움을 추구하겠다는 신념에는 변함이 없다. 천편일률적인 시조를 대할 때마다 아직도 우리 시조단은 개혁과 진보의 힘이 부족하다는 것을 느낀다. 벌써 등단한 지 20여년이 되었지만 시집 한 권 내지 못했다. 몇 권 분량의 작품은 있지만 나를 인내할 만한 작품이 보이지 않아서다.

年代記的 몽타주 24
무등에 관하여

너는 항상 흐르는 강물처럼 말이 없다
한반도의 가장 큰 가슴으로 울리는
피 맺힌 앉은뱅이꽃, 침묵하는 자유의 꽃
바위덩이만한 목숨 저만치 묻어두고
저문 들녘 몸 떨리는 전율로 살아나는 산
바다 끝 닿지 않는 해저에서 몸부림치는 산
이제는 일그러진 영웅을 용서하는 산
더이상 오를 곳 없는 생생한 미래의 산
우리의 어질고 큰 산, 가슴속의 무궁화꽃.

年代記的 몽타주 26
다시 東山마을에서

버릴 일들 과감히 죽이고 떠나간다
바람 불면 흔들리는 부끄러운 세기말에
형님이 적요하게 잠든 강변 마을 찾아온다
익숙한 야간작업 돈벌이 신통찮지만
어릴적 논밭 갈던 진실의 땅 팽개치고
지금의 이 자리 못 잊어 이 눈치 저 눈치 보고 산다
어느 땐들 꽃 피고 바람 불 날 없지 않겠지만
어쩌다 내 마음을 길 위에 내려놓고 보면
삶의 길 소름치던 길, 미울수록 곱구나
다시 큰절 올리는 東山마을 언덕에서
빈 잔은 채워두고 넘친 잔은 다시 비우는
지친 몸 촘촘히 박힌 슬픔 큰 듯해도 건뎌낸다.

年代記的 몽타주 28
남해바다를 바라보며

쭈그러진 희망을 접으며 난 비상한다.

멀리 사라질 듯 아니, 지금도 내 앞에 있는 군농초등학교
를 생각하면 꼬불꼬불 산길을 따라 바라다보이는 남해바다
가 아름다웠습니다. 꽃 한 송이 꺾어들고 가는 길목, 나의
무성한 쓸쓸함들이 낫질에 잘려 떨어질 때, 온 산 진달래꽃
붉게 물들고 있었습니다. 그때 당신은 나의 꽃밭에 새롭게
피고 있었습니다. 아득한 수평선이 남해바다에 와닿고, 남
해바다 수평선이 백두산 상상봉에 와닿는 군농초등학교 화
단에 서면 금방이라도 우리는 하나가 될 것 같았습니다.

눈부신 욕망이 흩어진다.
멀리 안개꽃이 핀다

年代記的 몽타주 10

성숙한 배고픔으로 나는 매일 살아 있고
한조각의 빵 굽는 냄새 거리마다 자유로울 때
우리는
이십일 세기의
부끄러운 꿈을 꾼다.

우리는 어디쯤에 집을 짓고 살 것인가
한때의 우울함과 서정의 햇살을 건너
내 삶의
무게로 떠오르는
조간신문의 잉크 냄새.

그렇다, 숨막히는 우리들 빵과 사랑
이제 버려도 좋을 우리들 빵과 자유
누군가
의지의 씨를 뿌리는
활자 컷 행간의 자유.

年代記的 몽타주 11

社稷의 뜰 純白으로 낮술 취해 울고 있다
무너지는 노을 몇 坪, 빈 들판이 울고 있다
무력한
王朝의 바다
선화공주 울고 있다.

배꽃 쌓인 과수밭에 한 세상이 누워 있다
거리 곳곳 응시의 눈, 아이들이 누워 있다
어두운
薯童의 눈빛
먹물처럼 누워 있다.

하늘의 푸른 자유, 한 시인이 웃고 있다
술 한잔의 공통분모, 공화국의 허리춤에
帝王이
깔깔거리며
실눈 뜨고 웃고 있다.

年代記的 몽타주 12

금남로 걷다보면 생각난다, 민주주의여
푸른 하늘 죄 없어도 떨려오는 가슴 아래
오늘은
너에게 안부를 묻는다
머나먼 그리움의.

생각나지 않느냐, 지울 수 없는 함성들이
잊혀지지 않는구나, 떠나갔던 친구들이
사람이
사람으로 태어난
그 인식의 죄업 끝에.

오월이 돌아오면 가슴이 띈다, 민주주의여
너는 지금 어느 땅 밑 숨죽여 누웠느냐
철쭉꽃
장미꽃 팬지꽃
모두 만발한 이 봄날에.

거울論

화면처럼 어둔 세상 低音으로 깔려와도
우리들 허무 몇 잎 낙관 찍혀 붉어온다
내 분신
벗어던져도
전율 없는 너의 촉각.

하늘 아래 모든 것들 제 모습을 지니지만
거리의 네 가슴은 잠시 잠시 백지장뿐
우리들
얼굴 함축된
수줍음이여, 벌거숭이.

너는 항상 방패 없이 위태롭게 질문하고
질문 받는 우리들은 대답하다 넘어진다
제 모습
뽐내는 세상
아 아, 칼날이 떠는 字母.

內面의 끝

하동驛 어둠 끝에 깊숙이 몰려온 잠
새벽 달빛 젖어 뜨는 저자 앞에 몰려온 잠
피곤한
가슴 안으며
바람 철렁 꽂히는 잠.

다시 돌아갈 수 없는 우리들의 땅그늘에
절망의 생애 저편 이미 죽어 우는 잠
젖어라,
거꾸로 내리는 빗방울
그 內面의 갈등의 잠.

말하라, 허리에 찬 匕首 되어 빛나는 잠
웃어봐도 출혈하는 선명한 순수의 잠
세상은
사랑이 몰아치듯
침잠할 수 없는 잠.

우리가 사는 마을

매연처럼 이미 썩어 문드러진 아침 식탁.
무 한 다발 배추 한 포기 신신한 것 하나 없는
내 온몸
헛배 키우며
시름시름 독이 밴다.

막힌 혈관 찌든 허파, 중금속 투성이의
아무리 씻어봐도 끈적한 삶의 배면.
산과 물
바람마저 답답한
이 땅 집 짓는 사람은.

어릴 적 동네 개울 피라미떼 잡던 고향.
이젠 기억 저편, 악취 진동 폐기물뿐
살아도
살아도, 나 혼자뿐인
썩은 몸뚱이만 사는 마을.

戀歌論

살구꽃 향내 묻은 친구 몇몇 그리워서
네 참한 가슴의 강 南風으로 촘촘할 때
우리는
기다림의 美學으로
잔을 든다, 핑크레이디.

웃음 짓는 선한 얼굴 모란꽃이 피고 있다
햇살 바른 學숨 뒤뜰 풀잎들도 손 흔들며
네 발길
수채화 속에
피아노 소리 풀고 있다.

늦봄 다시 가기 전에 리본 달고 띄운 서신
아예 영영 떠나가도 지울 수 없는 詩구처럼
내 생애
백발 총총해도
그립겠다, 그대 이름.

이재창 73

겨울 공사장에서 2

1

벌판에서
또 다른 눈물처럼 돋는 눈물.

빙빙 머리 도는 차가운 바람 앞에

무성한
쓸쓸함들이
철새로 날고 있다.

2

내 산하는 빈 가슴의 먹물처럼 뜨거운 땅.

우리 언제 눈을 뜨고
꽃잎으로 피어날까

풍성한

생명의 햇살,
부서지면 나는 삽날.

3

해나 달도 부끄러운
물이 되어 젖는다면

굽은 벌판 억새풀도 이 삽질을 견딘다면

산 밖에
서성이던 겨울,
겨울비는 절고 있다.

석 류

1

씨로 맺힌 年代記를
그대 품에 띄울거나

눈 감고 귀 막아도
내 虛日 설레인 채

건들면
하늘이 쏟아질까,
수줍어 볼 붉히는.

2

맨가슴 송이 송이
천리 벌을 지켜 서서

보일 듯 보일 듯이
꼭꼭 숨은 너의 說話

이 밤도
못 담을 세상
고개 숙여 삽니다.

저물 무렵 그리움의 詩 1
격포에서

우리는 숙명처럼 가슴이 따뜻하다.
풀벌레
바람소리
수밀도 진한 그리움
바다가 보이는 그 끝에 서면
우리들은 자유롭다.
그곳으로 가는 길은
완만하고
숨가쁘다.
덕지덕지 뿌려놓은
들꽃무덤 지나서
충만한 세상 보인다.
살아 있는 만큼의.

저물 무렵 그리움의 詩 2

지석강에 와서

저 강물 따라 비상하는 해오라기 한 쌍처럼
낮게 낮게 수평 이루는 협주곡의 날갯짓처럼
우리는 물안개 사이 나무처럼 서고 싶다.
오천년 낮과 밤을 인내한 비수처럼
理智의 사랑 틔운 초가을 청명처럼
새벽강 맑게 흐르는 평지리의 내 아내처럼.

저물무렵 그리움의 詩 3
점묘화

당신은 꿈입니다
일어서는 햇살입니다
자작나무 숲길을 지나
남원천 강둑을 지나
우리는 설레이는 별입니다
신화적인 몸짓입니다
찬란한 은빛 針들이 갈증을 풉니다
당신은 파도입니다
叡智의 눈빛입니다
싱싱한 겨울산입니다
툭툭 피는 동백입니다.

　　오래 전부터 신라 토기 기마상이 갖고 싶었다. 경주와
인사동을 들락거렸지만 매번 실망만 안고 되돌아왔고,
'그래도 이번에는' 하고 벼르고 갔지만 결과는 역시 '아
니올시다'였다.
　　내가 진정 원하는 것은 국립중앙박물관에 있는 바로 그
국보였다는 것을 나중에야 알게 되었다.

그리움에 대하여

오직 멈추기 위해 강물은 흘러가고
결국 잠들기 위해 꽃들은 깨어나
지상의 외로운 공간을 뒤척이며 떠나니.

내일은 신들의 개념, 그 바깥에 너는 있어
네가 날 기억함은 허구일지 모르고
널 향한 그리움이란 것도 픽션일지 모르지.

지금 그곳에도 자줏빛 하늘이 보이느냐
이런 우라질 저녁 겨울새가 날아간 곳
우주의 항문이 닫히고 똥별 하나 곧 지겠지.

不在에 대하여

가만히 쥐어본다
투명한 얼음 한 알

가늘게 꿈틀대며
잠시 항거했을 뿐

어느새 체온에 녹아
중심을 떨게 했다.

결국 손금을 적신
작고 아린 이런 부재

조용한 존재의 이동
누가 받을 것인가

때묻은 이 손도 잡아줄
신의 음성을 듣는다.

작은 驚異

수박내 나는 소나기
아파트를 씻고 갔다

어느 날 목숨의 끝
아이들 자전거 소리,

말갛게
낮잠에서 깨어나
가부좌한 돌멩이 하나.

저승의 거울

책상 위엔 뒤적이던
서류와 재떨이가 있고

치욕과 몸부림과
질퍽이는 시간이 있고

거대한 허공이 있고
추락하는 구름이 있고.

끝내 마무리 못한
한 줄 시 죽음이 있고

날 보는 어쩔 수 없는
눈빛의 무덤이 있고

저물녘 새들의 슬픈
지저귐도 마구 있다.

눈

아무리 힘들어도 눈은 나리고
낮은 음성으로 괜찮다 괜찮다
깊숙이 내장을 적시며 뜨거운 눈은 나리고.

사는 일 덕지덕지 기워가는 어둠인데
바닥 없는 공간으로 촛불처럼 깜박이며
자꾸만 되뇌는 소리 참아라 더 참아라.

도 적

대웅전 뒤안에는 고요가 끓고 있다
벌떼처럼 잉잉대다 물방울도 보글보글
고요 속 흐늘대는 그늘 훔치러 온 사이에.

좌선한 꼬마 구름 꼬박꼬박 탑이 졸고
동-백-동-백 목탁 소리 움찔대던 동백들도
이제 막 붕대 감은 손가락 조심조심 푸나보다.

그리움 끝에는 늘 작은 대밭 있었던가
봄햇살 구멍 사이 놓치고만 지난날에
아뜩한 현기증으로 흩어지는 피라미.

봄의 일 1

누가 부시럭대며 라면을 끓이나보다

냉장고에 넣어둔 우유는 벌써 상했고

춤추는 시계의 스텝도 자꾸 엉키고 있다.

기대 선 저 거울이 아무래도 수상하다

혼자 종이를 접다 심심해진 기인 봄날

안경의 볼트를 조이다

손을 찌르고 말았다.

섬, 섬

섬들은 처음부터 섬인 줄을 알았을까
조금씩 뭍에서 멀어지던 어느 날에
섬들은 무서움도 벗고 섬인 줄을 알았을까.

무슨 곡절 있겠지 다 늙은 이 햇살들
아무리 주섬주섬 한정 없이 뜯어내도
머리칼 올올이 엉키어 잉잉대며 말하는 것.

마지막 빚을 낸 이 하루도 바닥나면
허기진 쇼윈도우 술에 취한 저 바다
그래도 어둠속에서 섬은 섬을 잉태할까.

꿈꾸는 黃砂

고대 어느 지층 사이
우린 아직 남아 있다

차단된 하늘과 땅
화석이 된 소문과 噴水,

숨가쁜 전화벨 소리가
가래처럼 끓었다.

가로등은 웅크린 채
음모를 시작했다

비밀경찰처럼
서성이는 자동차들,

희미한 정신을 가누어
안테나를 올린다.

그 소녀

그날도 하루 종일
괜한 눈만 내렸었다

무성영화 속으로
무너지는 종소리

지금껏 건네지 못한

눈에 갇힌
목소리……

아무도 모르는 애인

박살난 유리병 위
눈부신 햇살들과

빼앗긴 기억처럼
멍청히 선 가로등과

언덕엔 루주를 바른
꽃나무와 또 水平과……

고 백

수시로 방울뱀 같은 전철이 기어가는
순이네 산동네엔 뽀얀 황사 기침 소리
둑방엔 넘치는 졸음 담을 길이 없구나.

웅크린 가지마다 다정한 파스텔 가루
마술 같은 그것들이 일으키는 기적은
잃었던 숲의 자리를 두근두근 일러주고.

세탁소 아저씨는 어딜 보고 계시나
부시럭, 마른 꽃다발 죄다 깬 꽃집에도
오 저런 꽃불났는데 어딜 갔나 아줌마는.

바람은 왜 뒤척이나 후끈한 살 냄새로
창가에 다가와 움찔대는 흰 그림자
무슨 말 주려는 걸까…… 이 고백을 어이할꼬.

스티로폼 만들기

해묵은 박스 속에 불면은 뒹굴었다
ㄱ·ㄴ·ㄷ·ㄹ 해체된 언어들과
구겨진 신문지와 희망 우리가 있던 시간들.

종일 창고를 뒤져 팔다리도 맞춰보고
부러진 목뼈 하나 조심스레 세워주면
슬며시 배꼽을 보이며 삶은 히죽 웃고 있고.

봄은 휘발유이고 빈혈은 행복하다
부글부글 끓으며 번지는 세포 분열
꽃가지 터지는 일도 이런 것이 아니겠나.

사막으로 가는 길

사막으로 가는 길은 어느 쪽인가요
그냥 곧장 가세요 가고 싶은 곳으로
아무도 그댈 모르는 자유로움 쪽으로.

부러진 우산 같은 야자수를 한번 지나
모랫바람 진군하는 지평을 다시 지나
양치기 베드윈 소녀의 그리움도 지나세요.

실종된 그것들을 만날 수는 있을까요
길 잃은 아이 울음 낯선 골목 같은 것
아 아니, 녹슨 핀 동전 곰보 구슬 같은 것.

낙타는 늘 고갤 들고 어딜 보는 걸까요
자꾸를 젖히듯이 하늘이 열리는 곳
보세요, 구겨넣은 빛들이 소리치고 있어요.

아디스아바바

아무리 밀쳐봐도 마냥 고요 속이었다
지척에 무너지는 그 고요의 늪이었다
반 발짝 헛디딘 아침이 삐딱하게 문을 여는.

수수깡 창을 들고 어디론가 나섰다
꽃그늘 사정없이 떨어지는 새소리
그대로 옆구리를 찔린 채 포로가 되고 말았다.

우릉우릉 천둥소리 포효처럼 달려왔다
잠든 고원 호수에는 알 수 없는 파문이 일고
대륙은 원시의 몸부림 밤을 새워 울었다.

홍 성 란 편
푸른 별, 몽고반점

　시조가 무던히 걸어가 닿아야 할 목표는, 시조의 형식
이 형틀로 인식되지 않는 가운데, 그 정갈한 시어가 그려
내는 언어 풍경과 언어 이면의 소리를 듣게 하는 데 있다.
내 문학의 지향점도 바로 여기에 있다.
　그 풍경과 울림이 늙은 향나무 그늘 아래 소리없이 솟
는 맑은 샘물 맛 닮기를 희망한다, 몽정하듯 저질러놓은
시편들 즈려밟고.

낙 뢰

지상에서 맺지 못한

너와 나 만나서

푸른 깃 부딪치며

서러운 밤 포효할 때

불씨들 기립한 천지

찬미하라

이 절정.

섬

멍든
살을 깎아
모래를 나르는
파도

천 갈래 바닷길이여, 만 갈래 하늘길이여

옷자락 다 해지도록 누가 너를 붙드는가.

그물바람 지나는 길

멀어져간 잎새들은 어디로 가 무엇이 되었는가.

가슴에 못이 된 비밀도 지고 나면 잊혀지나, 잊혀지나 내가 버린 말들은 거미줄에 얽히운다. 잠자리 나비처럼 젖은 눈에 걸리운다. 약속한다고, 영원이라고, 진실이라고 몸 부수며 멀어져간 잎새들은 어디로 가 무엇이 되었는가. 하늘은 머리 위에 내려와 되풀이 묻지 말라, 묻지 말라 하느니. 2차선 길섶으로 줄지어 핀 벌개미취, 늦벌 두엇 데려와 빗질한 그물바람 가만 풀어놓느니.

농부는 늙은 소걸음, 놀빛 길을 따라가네.

악!

　풀잎은 풀잎끼리 오늘도 사랑한다 입술은 입술끼리 밤새
워 사랑한다 또 하루 거짓말같이 해가 지고 달이 뜬다 사랑
이 이다지도 슬픈 줄 몰랐노라 익숙한 체위로 밤낮없이 사
랑한다 또 하루 거짓말 같은 우리 인생 흘러간다

ARS 시대

ARS성금 전화번호가 연속극 화면에 방부제처럼 떠 있다
떠먹는 요구르트 먹이듯 공영방송은 애국심도 먹이고
시절은 상투적 카피라도 필요하단 것일까

잘린 손가락 뭉개진 다리 엎드려 우는 전철 입구
자연스레 연민과 동정이 팔짱 끼고 지나간다
홈리스, 嚴冬을 피해 그 집으로 쫓겨간다

붉은 띠 목쉰 피켓들 질펀히 누운 앞마당
횟배 앓는 이 나라 썩은 자갈 하구를 위해
저만치 생목 냄새 끌고 준설선이 오고 있다.

어떤 出奔

무슨 죄 있어 도망처와 숨는 게냐, 숨는 게냐.

아기가 갓 나오며 큰 울음 터뜨리는 건, 차가운 땅 여린 살갗 직립보행 두려운 게야. 세상 사람 저승이라 부르는 햇살 맑은 그곳은, 늘 따스한 바람 불어 꽃들은 붉고 희고, 희고 붉고 하늘 남빛 깊으니 대지의 풀들은 보드랍고 친절하여 실오라기 걸치지 않아도 부끄럽지 않은 곳, 소리쳐도 뺨에 가 부딪치지 않는 곳 공기는 물 같아 또 물은 공기 같아 네 발로 걸어도 두 발로 헤엄쳐도 나무라지 않는 곳, 열매는 흐드러져 먹고 먹어도 물리지 않는 곳 몇 날 몇 해 굶어도 헛헛하지 않은 곳 그곳을 뛰쳐나오며 왜 서럽지 않으리, 얼굴 어찌 씻고 나오리.

누구냐, 퍼런 몽고반점 알몸으로 내쫓긴 놈.

봄을 위한 경고

보아요 내 마음 이렇게 화창한데
속 좁게도
하늘은 한점 구름 잡아두고
자목련 꽃그늘 위에
걸려 울게 하네요

빚 갚을 날 벌써 잊고
내 걸음 이리 가뿐한데
잡동사니 배기가스 들춰내는
산이며 들이며
나만치 너그럽진 않네요
때 벗기는
냇물이며

근데요 붉은 흙 지단 지어
나들이 가는 개미떼
그 행렬 못 기다리고
요리 피하고 조리 발 떼다
아뿔싸, 중심 잃은 날 좀 봐요 개미 허리
분지르고.

봄이 오면 산에 들에

단비 한번 왔는갑다 활딱 벗고 뛰쳐나온 저년들 봐, 저년들 봐. 민가에 살림 차린 개나리 왕벚꽃은 사람 닮아 왁자한데,

노루귀 섬노루귀 어미 곁에 새끼노루귀, 얼레지 흰얼레지 깽깽이풀에 복수초, 할미꽃 노랑할미꽃 가는귀 먹은 가는잎할미꽃, 우리 그이는 솔봇꽃 내 각시는 각시붓꽃, 물렀거라 왜미나리아재비 살짝 들린 처녀치마, 하늘에도 땅채송화 구수하니 각시둥굴레, 생쥐 잡아 팽이눈 도망쳐라 털팽이눈, 싫어도 동의나물 낯두꺼운 윤판나물, 허허실실 미치광이 달큰해도 좀씀바귀, 모두 모아 모데미풀 한계령에 한계령풀, 기운내게 물솜방망이 삼태기에 삼지구엽초, 바람둥이 변산바람꽃 은밀하니 조개나물, 봉긋한 들꽃 산꽃 두 팔 가린 저 젖망울.

간지러, 봄바람 간지러 홀아비꽃대 남실댄다.

명자꽃의 말

네가 무엇이라고 억센 바람 비껴 가고
白雪 어두운 무게 가뿐히 벗었겠느냐
이 땅에 피고 지는 넌들 왜 그 한파 모르겠느냐.

춘삼월이 뭔지 몰라, 세 살같이 난 몰라.
소월길 가는 길목 포장집 잔소주랑 터덜터덜 올라와 불
꺼진 빌딩숲 오래오래 바라보는 아버지 굳은 표정, 죄 없이
배고픈 갓난아기 울음소리 난 몰라요, 몰라. 삼 년치 품삯
소매치기 당하고 쫓겨가지도 못하는 외방의 근로자 잘린
손목 난 몰라요, 몰라. 눈물의 대처분을 처분하지 못하고
한숨짓는 시장통 난 몰라요, 몰라. 새벽시장 오뎅국물 몇
사발을 들이켜도 팔려가지 못하는 잡역부 명치끝에 뭉클뭉
클 뭉친 울음 난 몰라, 몰라.
그 기쁨 감추지 못해 참은 웃음 불거지네.

물빛 소매 걷어붙이고 와글대는 꽃망울처럼
쇳소리 바람소리 조목조목 가르치는
새빨간 네 거짓말로 착한 눈 빛난다.

김유정論

산골마을 실레에 봄비 오고 있나보다
헛간 혼자 숨어 담배 피는 어린 유정
느릿한 연기 사이로 어머니 가고 있다
살내음 물씬 나는 그 여인 젖은 머리
핏빛 연서 밟고 가는 짝사랑 인력거를
숨어서 바라보았다 한 시대의 우울처럼
기침 터지듯 부풀어 터지는 꽃
금병산 봄이 오면 휘장 걷어내고
맨발로 뛰어가야지 점순이년 수탉같이
수수밭 굽이돌아 황혼 따라온다
들병이 너울대고 수수 모가지 너울대고
막다른 생애의 길섶 하모니카 부는 사내
새앙나무 노란 꽃이 지천으로 흔들릴 때
나그네 뒤따르며 신발 끌던 시절처럼
그 착한 조선을 두고 뜨지 못해 우나보다.

한강 부근 에피그램
상관과 교각 사이

뺨이라도 쳤다면, 욕이라도 했다면
그게 아니라고
좌표 다시 놓을 텐데
금이 간 타조알 하나
뒤꿈치를 들고 간다

조금만 더 아프다면, 조금만 더 무겁다면
버릴 것, 무너질 것,
화르르——
날릴 텐데
사랑니 몰래 썩는 중
철근골조 삭는 중.

겨울 공원에서

어젯밤 그 별들 다 어디 숨었는지
하늘가 늦은 황국만 마른 손 비비고 있어
앙상한 노숙의 나무 몇 채 흰 목덜미 시리다

광장 한켠 비둘기 밀떡 부스러기 쪼고 있다
기름 묻은 작업복 뒷모습 함께 구겨두고
배고픈 인정이 건네는 상징 한 줄 읽고 있다.

삼천포 햇살
박재삼을 위한 프롤로그

친필 인쇄 명함 건네며 꼭 오라고 활짝 웃던
그날도 먼저 노래한다고 일어서서 손 저었지.

흰 분 칠한 컬러 사진 빨간 입술 또렷하다
삼일로 기원에서 참으로 기다리셨을까
차라리 빛이나 바랬으면,「追憶에서」지워지게.

가는 시간 그 누가 잡아올 수 있을까.
　어쩌면 '가다간 볼에도 대어 눈물 적'시는 조약돌 그 한
알 아픔일 수 있는 그런 일 그늘진 눈썹 위에 한 줄 얹지 않
았으니, 세상 일 모두 시들하단 눈동자에 활화산 같은 꽃
한 송이 피울 수 있는 그런 일 울먹울먹 돌아가는 뒷모습에
안기지 못했으니,
　'쟁쟁쟁' 삼천포 햇살, 가슴바닥 울린다.

유적을 세우고

풍경소리 빨아들이는 구절양장 벗은 고목
향일암 붉은 동백 동박새 두엇 부르고
남해는 원효의 검지로 수평선을 긋고 있다

칡차 깊이 끓는 길목 아내 잃은 사나이
따뜻한 말벗 반가운지 덤 한잔 권하는데
아이는 흑염소빛 긴 눈썹 껌벅일 뿐 말 없다

저 작은 손 무슨 끈이 눅눅한 발걸음 따라붙나
행려는 수행 아닌 내 마음 유적을 세우고
범종루 떠나온 울림, 바다 깊이 재고 있다.

창

창은 나를 방에 가두고 별빛처럼 살라 한다

창은 나를 방에 가두고 이리 오라, 이리 오라 손짓한다

깨진 별 맨발로 밟고 가는 바람처럼 떠나란다

묻노니 가슴 없는 바람이여, 그 가슴 어디 두고 가는가

창은 나를 방에 가두고 당산나무 잎가지만 뒤흔든다

어느 살 베어 걸었나, 빈 가지에 찢긴 감.

시조를 읽는 즐거움, 시를 읽는 즐거움

신 경 림

1

나는 시조를 비교적 많이 읽는 편이다. 잘 읽혀서일 것이다. 요즘 시들, 정말 너무 안 읽힌다. 너무 난삽하고 현란해서, 그리고 너무 말이 많아서 읽기가 여간만 힘들지가 않다. 이에 비하여 일정한 형식과 리듬의 속박을 받는 시조는 훨씬 수월하게 읽힌다. 말하자면 나는 시를 읽는 즐거움의 많은 부분을 시조에서 충당하고 있는지도 모르겠다. 물론 시조가 우리 것이란 사실에 대한 막연한 경도도 있을 터이다. 김태준이 "각 시대에는 문학이 있을 것이 분명하다"라고 전제한 다음 "4언 시경(詩經)을 부정하고 일어난 것이 한나라 5언시 악부(樂府)요, 또 5언 악부를 부정하고 일어난 것이 당나라 7언시, 장편(長篇) 등"이었다는 점을 예로 들며, "시조는 봉건시대의 고전이다. 때가 지났다는 것을 말하여 드린다"(「시조론」, 1933)라고 단정한 이래, 시조를 지난 시대의 문학형식으로 치부하는 경향이 특히 진보적 문학 사이에서 주조를 이루고 있는 것을 모르지 않지만, 그래도 우리 것인데 하는 아쉬움을 나는 떨쳐버릴 수가 없다. 5·7·5의 17

자로 된 일본의 단시 하이꾸(俳句)가 세계문학의 명물이 되어 있는데 우리 시조는 왜 그렇게 좀 못되는가? 물론 하이꾸는 짧은 만큼 폭발성이 강하고 E. 파운드 등의 이미지즘 운동에 지대한 영향을 주었을 만큼 선명성을 가지고 있다는 특징이 있다. 그러나 따져보면 시조에도 그 나름의 단아함과 균형미가 있는 것이 아닐까? 또 요즘 한참 운위되는 문학의 세계화가 문학의 세계적 평준화 또는 평이화를 가리키는 것이 아니라면, 다른 나라에 없는 문학형식은 좋은 무기가 될 수도 있지 않을까?

그러나 나는 창비에서 처음 내는 이 시조집에 묶인 여섯 시인의 시조를 일부에서 백안시하는 봉건시대의 유물로서도 또 반드시 살려 마땅한 민족형식으로서도 읽지 않고 그냥 시로 읽기로 했다. 그냥 시로 읽어 읽을 만하지 못하면 시조로서도 살아남을 가치가 없다고 생각되었기 때문이다.

2

못에 찔려 잠드는 날들이 많아졌다
좌판 위 마른 북어의 정물처럼 차갑게 누워
가슴을 짓밟고 가는 구두소리를 듣는다
뚜벅뚜벅 그들처럼 바다에 닿고 싶다
아무렇게나 밀물에 언 살을 내맡겨보면
맺혔던 실핏줄들이 하나 둘 깨어날까
내 꿈들은 北으로 가서 돌아오지 않았고
하얗게 녹슨 생각들이 부서져 쌓이는 밤
뜨거운 피를 흘리며 깊은 잠에 들고 싶다.
—— 이달균 「북어」 전문

세 개의 단시조가 이어진 연시조로서 세 연의 시로 읽어도 될 것이다. 첫 연에서는 자신의 상처받으며 사는 삶을 정물처럼 차갑게 좌판 위에 누워 있는 마른 북어에 비유한다. "못에 찔려"라는 표현 때문에 "짓밟고 가는 구두소리"에서도 쇳소리가 난다. 못에 찔려 있는 북어와 구두의 징에 짓밟히고 있는 가슴의 대칭이 화자의 삶을 더 처절한 것으로 받아들이게 만든다. 둘째 연에서 화자는 자신을 좌판 위의 마른 북어가 아니라 바다로 가서 다시 살아나는 북어에 비유한다. 상상해보라, 북어들이 뚜벅뚜벅 걸어서 바다로 가는 정경을. 물론 "뚜벅뚜벅"은 화자에 대한 수식이지 북어에 대한 것은 아니다. 그럼에도 마치 북어가 뚜벅뚜벅 가는 느낌을 주게 하는 데 이 표현의 맛이 있다. 이 대목은 처절한 삶으로부터 탈출 또는 죽음으로부터의 부활의 이미지를 가지면서 시에 활기를 불어넣는다. 셋째 연에서 문득 북어는 빠진다. "내 꿈들은 北으로 가서 돌아오지 않았고"의 그 북은 북어의 고장이기도 하지만 이 시대를 사는 모든 사람들의 가슴에 아프게 살아 있는 곳이다. 북어의 고장 북에서 우리들의 아픔의 고장 북으로의 전이가 자연스럽다. "하얗게 녹슨 생각들이 부서져 쌓이는 밤"에서는 하얗게 눈이 내려 쌓이는 밤을 연상해도 좋을 듯. 독자를 깊은 상념에 빠지게 하는 시이지만, 이 세 연이 각각 다른 징조에 바탕하고 있다는 점에 주목할 필요가 있을 것이다. 시조라는 형식 때문에 가능했으리라 생각되기 때문이다.

이달균의 시는 몇 편(가령 내가 얼마나 치열하게 시를 쓰는가를 과장한 시들은 읽기에 민망하다)을 제외하면 다 읽을 만하다. "떠나온 것들은 모두 모래가 되어 스러진다"라는 에피그램

이 뼈대가 된 것으로 여겨지는 「낙타」도 재미있고, 환경의 파괴에 따른 인류의 미래를 예언하는 것으로 읽히는 「잠자리 2」도 울림을 준다. 「늙은 플라타너스에 관한 기억」이나 「北行 열차를 타고」 같은 시는 조금은 상식적이지만 "늙은 플라타너스에 기대어 귀를 대본다/그때 무슨 약속인 양 칼금으로 이름을 새기고"나 "사리원 강계 지나며 빗금의 눈을 맞는다/북풍의 방풍림은 은빛 자작나무" 등에서 볼 수 있듯 경험의 공유대가 넓기 때문에 울림의 폭도 그만큼 넓을 것이다. 「不倫」 같은 작품은 어떤가.

가을날 몰래 핀 두어 송이 장미
그래도 꽃들은 감옥에 가지 않는다
위험한
이데올로기
저 반역의
開花

　　　　　　　　　　　— 이달균 「不倫」 전문

평이하게 풀어보면 가을날 몰래 핀 장미는 제철도 아닐 때 몰래 피었으니까 반역이고 위험한 개화이지만 감옥에는 가지 않는다는 뜻이다. 그렇게 새롭거나 놀랄 만한 비유는 아니지만 말을 갈고 닦은 자국이 보이고 말을 아끼고 줄였다는 점에서도 시작(詩作)의 한 본보기가 될 수 있을 것이다. 하지만 바느질 자국이 보인다. 그래서 삶의 깊은 결을 드러내주지 못한다.

홍성란의 시 중에서는 「악!」과 「봄이 오면 산에 들에」가 재미있게 읽힌다.

풀잎은 풀잎끼리 오늘도 사랑한다 입술은 입술끼리 밤새워
사랑한다 또 하루 거짓말같이 해가 지고 달이 뜬다 사랑이 이
다지도 슬픈 줄 몰랐노라 익숙한 체위로 밤낮없이 사랑한다
또 하루 거짓말 같은 우리 인생 흘러간다

── 홍성란 「악!」 전문

　　두 수의 단시조로 이루어진 연시조로서, 주제는 극히 통속적
인 것으로 말하자면 인생은 흘러가고 사랑은 슬픈 것인데도 사
물이나 사람은 끊임없이 사랑한다는 뜻이다. 제목 「악!」은 놀
라움의 감탄사, 평범한 진실을 발견하는 순간의 놀라움을 이렇
게 나타낸 것이라 하겠는데, 이 제목이 점수의 반을 따고 들어
간다. 이런 재치있는 제목이 아니었던들 이 시가 그토록 재미있
게 읽히지 않았을 것이다. 사실 이 시에서 썩 독창적이라고 할
만한 표현을 찾기는 어렵다. "풀잎은 풀잎끼리"니 "입술은 입
술끼리"니 한없이 평범하고 흔한 진술들이다. 굳이 찾는다면
"익숙한 체위로"가 남들이 별로 사용하지 않은 표현일 터이다.
그런데도 이 시는 시조가 가진 균형미에도 불구하고 한없이 신
선하다. 시조의 특징을 잘 살렸다고 여겨지면서, 낙뢰하는 순간
의 절정감을 감각적으로 포착하여 성적인 상상까지도 펼치게
만드는 「낙뢰」는 이달균의 「不倫」에서와 마찬가지로 무언가 만
들어졌다는 느낌을 배제하기 어렵다. 바느질 자국이 보인다는
소리는 이 시에 대해서도 할 수 있을 것 같다. 「봄이 오면 산에
들에」는 전혀 정서가 다르다.

　　단비 한번 왔는갑다 활딱 벗고 뛰쳐나온 저년들 봐, 저년들

봐. 민가에 살림 차린 개나리 왕벚꽃은 사람 닮아 왁자한데,

　노루귀 섬노루귀 어미 곁에 새끼노루귀, 얼레지 흰얼레지
깽깽이풀에 복수초, 할미꽃 노랑할미꽃 가는귀 먹은 가는잎
할미꽃, 우리 그이는 솔붓꽃 내 각시는 각시붓꽃, 물렀거라
왜미나리아재비 살짝 들린 처녀치마, 하늘에도 땅채송화 구
수하니 각시둥굴레, 생쥐 잡아 괭이눈 도망쳐라 털괭이눈, 싫
어도 동의나물 낯두꺼운 윤판나물, 허허실실 미치광이 달큰
해도 좀씀바귀, 모두 모아 모데미풀 한계령에 한계령풀, 기운
내게 물솜방망이 삼태기에 삼지구엽초, 바람둥이 변산바람꽃
은밀하니 조개나물, 봉긋한 들꽃 산꽃 두 팔 가린 저 젖망울.

　간지러, 봄바람 간지러 홀아비꽃대 남실댄다.
　　　── 홍성란 「봄이 오면 산에 들에」 전문

　사설시조의 한 형태라 하겠는데 중장의 사설은 여기저기서
이것저것을 찍어다 붙인 것이 민요의 나물타령을 연상시킨다.
최근 최승호 시인이 동강댐을 소재로 한 시 「이것은 죽음의 목
록이 아니다」에서 "수달 멧돼지 오소리 너구리……" 하고 수백
종의 동강 유역에 사는 희귀동물이며 식물을 나열한 끝에 "내
가…… 더위지기로 태어날 수도 있었겠다는 생각을 했다." 운
운으로 끝내서 눈길을 모았던 일이 생각나는 대목이다. 비 온
뒤 풀이 새파랗게 돋는 모습을 "활딱 벗고 뛰쳐나온 저년들 봐"
라고 비속하게 표현한 것이나, 사설의 매듭을 "봉긋한 들꽃 산
꽃 두 팔 가린 저 젖망울"로 지은 것도 시에 생동감을 불어넣는
다. 이 시에서 물큰 성의 냄새가 나는 것은 비단 홀아비꽃대의

상징 때문일까. 홍성란의 시 한 편을 더 읽어보면

　　멀어져간 잎새들은 어디로 가 무엇이 되었는가.

　　가슴에 못이 된 비밀도 지고 나면 잊혀지나, 잊혀지나 내가
버린 말들은 거미줄에 얽히운다. 잠자리 나비처럼 젖은 눈에
걸리운다. 약속한다고, 영원이라고, 진실이라고 몸 부수며 멀
어져간 잎새들은 어디로 가 무엇이 되었는가. 하늘은 머리 위
에 내려와 되풀이 묻지 말라, 묻지 말라 하느니. 2차선 길섶
으로 줄지어 핀 벌개미취, 늦벌 두엇 데려와 빗질한 그물바람
가만 풀어놓느니.

　　농부는 늙은 소걸음, 놀빛 길을 따라가네.
　　　　　　　　　　─ 홍성란 「그물바람 지나는 길」 전문

　　아름답고 화사한 시다. "농부는 늙은 소걸음, 놀빛 길을 따라
가"는 그림도 선명하다. "가슴에 못이 된 비밀" "내가 버린 말
들" "약속한다고, 영원이라고, 진실이라고 몸 부수며 멀어져간
잎새들" 모두 예쁘고 근사한 이미지들뿐이다. 그러나 무엇을
얘기하고자 했는지 모호하다. 너무 예쁘게만 시를 쓰려다보니
화장을 짙게 하고 속내를 드러내 보이지 않으려 애쓰는 미녀의
고백을 듣고 있는 것 같다.
　　오종문과 이재창의 시는 강한 사회의식을 시적 담론으로 갖
고 있다는 점에 있어 상통한다. 시조가 팔자 좋은 사람들의 흥
얼거림이라는 측면 때문에 외면당해온 대목이 없지 않다는 점
을 생각할 때 이것은 매우 값진 덕목일 터이다. 특히 오종문의

여러 편의 시는 요즘 크게 문제로 제기되고 있는 환경을 다루고
있어 주목된다.

　　나무와 나무들이 근심에 찬 표정을 짓고, 종일 불편해하며
흐르는 하천들이, 별들이 왜 침묵하는 밤이 계속되는지.

　　가로수가 죽어가는 일은 서글픈 일이다. 앓는 물소리를 듣
는 일은 괴로운 일이다. 하늘을 올려다보는 일은 더욱 미칠
일이다.

　　언제부턴가 모두 앓기 시작한 기관지염, 그 위에 은밀히 쌓
여가는 연기 한점의 질량, 이 땅에 어떤 병으로 깊어지는 것
일까.
　　　　　　　　　　　　　　　　── 오종문「오늘의 양심」전문

근심에 찬 표정을 짓고 있는 나무들, 불편해하며 흐르는 하
천, 죽어가는 가로수, 앓는 물…… 연시조의 첫째 수와 둘째 수
에 해당하는 둘째 연까지는 다 아는 내용이어서 단조롭다는 느
낌이 없지 않다. 그러나 셋째 연에서 "모두 앓기 시작한 기관지
염" "연기 한점의 질량" 등의 표현을 가지고 자연환경에서 인문
환경으로 확대 해석할 수 있는 근거를 제시하면서 얼마간 그 단
조로움은 극복된다. 가락 때문인지 힘이 있는 것도 이 시를 비롯
그의 시의 장점이다. 하지만 "물고기 혹은 새 한 마리 제집 돌아
와/한마당 북 장구 치며 노래불러야 하리"라고 한「이 나라 녹
수 청산」이나 산업병에 걸려 죽은 누이의 죽음을 노래한「어떤
죽음」은 역시 뻔한 내용이라는 느낌을 떨쳐버리기 어렵다.

그 이후에도 심상찮은 별과 바람을 의미있게 지켜본 사람
은 아무도 없었어. 그리고 평화롭게 몇년 더 평화롭게 모든
것이 흐른 후, 건강한 살점 하나 깨끗한 피 한 방울 튼튼한 뼈
한 조각 돌려달라고, 직업병 판정도 받지 못한 그 원인 모를
병에 대해, 너의 죽음에 대해 모든 사람들이 목소리를 높였
어.
───── 오종문 「어떤 죽음」 중장

　이재창의 시적 특성이 가장 잘 나타나 있는 것은 역시 연작시
「年代記的 몽타주」일 터이다. 특히 12, 24 등 강한 사회의식을
바탕으로 하고 있는 시들은 힘도 있고, 치열해서 울림도 크다.
보다 좋은 세상을 만들려는 의지 같은 것이 있어 시를 팽팽히
긴장시키고 있는 것이 아닌가 여겨지기도 한다.

　　금남로 걷다보면 생각난다, 민주주의여
　　푸른 하늘 죄 없어도 떨려오는 가슴 아래
　　오늘은
　　너에게 안부를 묻는다
　　머나먼 그리움의.
　　　　　　───── 이재창 「年代記的 몽타주 12」 초장

　'지석강에 와서'라는 부제가 붙은 「저물 무렵 그리움의 詩
2」 같은 시도 좋다.

　　저 강물 따라 비상하는 해오라기 한 쌍처럼

낮게 낮게 수평 이루는 협주곡의 날갯짓처럼
우리는 물안개 사이 나무처럼 서고 싶다.
오천년 낮과 밤을 인내한 비수처럼
理智의 사랑 틔운 초가을 청명처럼
새벽강 맑게 흐르는 평지리의 내 아내처럼.
　　　　　── 이재창「저물 무렵 그리움의 詩 2」전문

　낮게 수평을 이루는 협주곡의 날갯짓, 물안개 사이에 서 있는 나무, 초가을의 밝고 맑음, 평지리의 내 아내…… 다 아름답고 맑고 밝다. 세상을 보는 눈이 건강하다는 뜻이리라.
　고정국의 시 가운데서 자연을 빌려 이생을 노래한 시, 그 중에서도「單首三題」의 단시들이 재미있게 읽힌다.

　가끔은 도시 전체를
　싹 쓸어버리고 싶은……,

　내가 하늘이어서도
　그런 생각은 품었을 게야

　저 거친 싸리비질만 봐도
　세상 절반은 쓰레긴 게야.
　　　　　── 고정국「소나기」전문

　시원하게 내리는 소나기를 보면서 세상을 저렇게 한번 쓸어버리면 어떨까 한번쯤 생각해본 일이 있는 사람이면 절로 미소를 지을 시다. 이런 상큼한 맛은 또 시조라는 형식이기 때문에 가능한 것은 아닐까.

　　쉽사리 야생의 꽃은
　　무릎 꿇지 않는다

　　빗물만 마시며 키운
　　그대 깡마른 反骨의 뼈

　　식민지 풀죽은 토양에
　　혼자 죽창을 깎고 있다.
　　　　　　　── 고정국「엉겅퀴」전문

　엉겅퀴는 엉거시과의 여러해살이풀, 민영 시인이 "난리통에 서방 잃고 홀로 사는"(「엉겅퀴꽃」) 전쟁 과부로 노래한 뻣뻣하니 깡마른 그 모습에서, 고정국 시인은 식민지의 메마른 땅에서 죽창을 깎는 반골의 사나이를 떠올린 것이다. "빗물만 마시며 키운"이라는 수식도 엉겅퀴나 식민지 땅의 초라하고 메마른 사나이를 떠올리는 데 아주 적절하다는 느낌이다.
　전병희의 시는 성격이 많이 다르다

　　그날도 하루 종일
　　괜한 눈만 내렸었다

　　무성영화 속으로
　　무너지는 종소리

지금껏 건네지 못한

눈에 갇힌
목소리……
── 전병희 「그 소녀」 전문

전종일 눈이 내려 사방은 연필로 그린 그림처럼 희미하다. 크리스마스가 가까웠으리라, 교회에서는 종소리가 울리고, 소녀가 사는 집 창에서는 커튼이 걷히지 않는다. 마침내 한마디 말도 붙여보지 못하고 헤어지고 만 소녀…… 한 폭의 아름다운 그림이다. "눈에 갇힌/목소리"에는 애타고 아쉬운 마음이 잘 담겨 있다.

수박내 나는 소나기
아파트를 씻고 갔다

어느 날 목숨의 끝
아이들 자전거 소리,

말갛게
낮잠에서 깨어나
가부좌한 돌멩이 하나.
── 전병희 「작은 驚異」 전문

잠깐 잠이 들었다. 깨어보니 소나기가 한줄기 지나가 아파트며 단지 내의 나무들이 목욕을 한 것처럼 말갛다. "어느 날 목숨의 끝"이란 병후를 뜻하는 말일까? 밖은 자전거를 타는 아이들로 와자지껄, 책상 위의 돌멩이도 부스스 낮잠에서 깨어나 앉아 있다…… 그대로 선(禪)의 세계이다. 문득 "木魚를 두드리다/졸음에 겨워//고오운 상좌 아이도/잠이 들었다"라고 한 조지훈 시인의「古寺」가 생각나니 웬일일까.

6인 시조집을 기획하며

    지금 우리는 수입품 논리가 토박이 논리를 앞서가는 세상에 살고 있다. 오랫동안 전통의 맥락을 유지해왔던 것에 변화·발전을 도모하는 게 아니라, 수입품 논리로 토박이 논리를 짓누르는 폭력 시대를 살고 있는 것이다. 수입품 논리에 대한 신중함이나 거부반응을 모두 정체(停滯) 상태로 매도하기도 한다. 이런 현상을 '고압선 문화'의 횡포라고 풀이할 수 있다. 발전소에서 3만 3000볼트짜리 전류가 흘러들어오면 실생활에 맞게 220볼트나 110볼트로 감압(減壓)하지 않고 덥석 받아들이기 때문에 감전사고가 자주 발생한다. 지금 우리는 그런 '문화적 감전사고' 시대를 살고 있는 것이다

    문화적 감전사고가 잦은 요즘, 우리 것을 소중하게 여기는 의식이 점차 확산되고 '정체성 확립'에 관한 목소리가 높아지면서 시조문학에 대한 인식 또한 새로워지고 있다. 발빠른 몇몇 대학은 문예창작과에 시조창작 강의를 개설했으며 일부 언론사가 운영하는 문화센터도 시조창작교실을 다투어 열고 있다. 그러나 시조창작 '지망생' 혹은 미래의 '시조시인'을 꿈꾸고 있는 젊은 재목들이 참고할 만한 텍스트 북, 즉 전범(典範)이 될 만한 집약적 자료가 드문 것이 오늘의 현실이다. 이런 열악한 시조환경을 앉아서 바라만 볼 수 없다는 생각에서, 그리고 희망

의 연대 21세기를 화려하게 장식해나갈 '문청(文靑)'들의 창작 길라잡이를 위해서 이 책을 기획한 것이다.

6인 시조집 『갈잎 흔드는 여섯 악장 칸타타』는, 윤금초 박시교 이우걸 유재영 4인 시조집 『네 사람의 얼굴』 및 박기섭 이정환 이지엽 김연동 박권숙 5인 시조집 『다섯 빛깔의 언어 풍경』과 연결고리를 가지게 될 것이다.

80년대 후반 문단에 데뷔한 이들 여섯 사람이 풀어놓은 '이미지와 담론의 시학'을 통해 우리 시조가 일궈낸 다양한 음색의 칸타타와 만나게 될 것이다.

1999년 9월

윤 금 초

창비시선 189

갈잎 흔드는 여섯 악장 칸타타

초판 발행/1999년 10월 1일

지은이/고정국 외
펴낸이/고세현
펴낸곳/㈜창작과비평사
등록/1986년 8월 5일 제10-145호
주소/서울 마포구 용강동 50-1 우편번호 121-070
전화/영업 718-0541, 0542 · 편집 718-0543, 0544
            독자사업 716-7876, 7877
팩시밀리/영업 713-2403 · 편집 703-3843
하이텔 · 천리안 · 나우누리 ID/Changbi
인터넷/홈페이지 www.changbi.com
            전자우편 changbi@changbi.com
우편대체/010041-31-0518274
지로번호/3002568

독자회원엽서

창작과비평사의 독자가 되어 주셔서 고맙습니다.
이 엽서를 작성하신 후 우체통에 넣어주시면 독서회원의 자격이 부여되며
본사가 발행하는 간행물과 도서목록 등을 보내드립니다. 그리고 이 자료는
더 나은 편집·기획·영업을 위하여 소중한 자료로 참고하겠습니다.

◆ 구입하신 책의 이름은?

◆ 구입동기
　1 주위의 권유　2　　　신문(잡지) 광고를 보고
　3　　　(신문·잡지·매체) 신간안내나 서평을 보고
　4 제목·표지·내용이 눈에 띄어서
　5 출판사에 대한 신뢰　6 작가에 대한 호감

◆ 이 책을 읽고 난 후의 소감은? (내용, 편집, 제목, 표지 등)

◆ 평소 저희 회사의 책을 애독하고 계시다면 관심있는 분야는?
　1 잡지　　2 신서　　3 소설선　4 시선　　5 아동문고
　6 교양문고　7 기타(　　　　　　　)

◆ 현재 구독하는 신문, 잡지 이름은?

◆ 『창작과비평』을 구입해보신 적이 있습니까?
　예　　　　　　　아니오

◆ 창작과비평사에 하시고 싶은 말씀은?

이름　　　　　　　(남 여)　　　나이
직장명　　　　　　　　　　　　컴퓨터통신 ID
전화번호 (집)　　　　　　　　　(직장)

보내는 사람

주소

우편요금
수취인 후납부담

요금기간
99.1.1~2000.12.31
서울 마포우체국 승인
제266호

받는 사람
(주)창작과비평사
서울 마포구 용강동 50-1
전화: 716-7876 · 7877, 718-0541 · 0542
수신자부담전화: 080-900-7876

1 2 1 - 0 7 0